D1618097

KARNER • POPANZ

AXEL KARNER

popanz

Wieser *Verlag*

Die Herausgabe dieses Buches erfolgte mit freundlicher
Unterstützung durch die Stadt Wien und das Land Kärnten.

Wieser Verlag
Založba Wieser
•
KLAGENFURT/CELOVEC · WIEN · LJUBLJANA · BERLIN

A-9020 Klagenfurt/Celovec, 8.-Mai-Straße 11
Telefon: +43(0)463 370 36, Fax: +43(0)463 376 35
office@wieser-verlag.com
www.wieser-verlag.com

Ich kannte deren Schlag schon mein ganzes Leben –
durchtrieben bis auf die Knochen.
James Lee Burke

bienentöter

schlaff
am morschen zwirn
stundweis
taumelt pelz

kippt behänd
s insekt

thekla smrt

acht beine stelzt
setzt ab
ertrinkt ins holz
lässts funken

arschloch

was bist auch denunziant

schnüffelst
vier nächt
bis dirs einbläst
das ist bekannt
mit haut und haar
der schwindel
vom fenster
flutscht

hörs martern
das herzchen
bürschlein
weils
wiederkehrt

anfangs flötzersteigs arzt

einige fürbeter
bei den armenspeisungen

gratuliert der scheitel
dass sie an gripp krepiern

reichlich eiweiß
gemüse wird fehlen

die überleben
sterilisiert

bettler

noch hasten
taube für lahme
einsackt
die fuhre
frank frei

gischgasch
zahnlos
im paff
wider s bouquet
feiger schlucker

stopfen
den abfluss
flüsterts bitte

bürgermeister

der amtmann telefoniert

lynchen sie sie
mit kraut und rüben

nur s tier unterscheidet

zahnscharf
weiche haut

cäsar

müssts erflehn
blinder
den finger reck
blödes viech

schneid löst s gscherr
jetzt gar verdacht

falb
der musik folgt
außer atem
ein von geburt her taglicht

kopfschuss erst
ändert leichnams farb

daumenlutscher peppe

woran mein sandplatz
sich schmiegte
hab den röhrenwurm
erstickt

pudding franze
begnadeter topfscheißer
fällt s glied
grad ab
dieweil mütterleins einzig kind
babel vergöttert

dichter

jagt
mein stock des blinden
sieben heilige zahlen

steigt aus gräbern
priesters balg
ecksteins nonnen winseln
berührt sein rückseit
dürre krall

im feisten wanst
kassiern
krähn mit maden
kargen lohn

des resniceks diener

hinterm ohrwaschl
schwärmt

mittwochs paniertes
karfiolsupp gebunden
palatschink heinz

beim innereienwirt
doch
profil im bild
nach dem handstreich
s weinglas anschlägt
zu brüstet
tot schütt

veltliner schein
frisch gedruckt
leckt henkt

engelmacher

weit offen
das tor

kerube
derrappelt
drei schritt
stumm

ein tropfen
blut
inmitten betörn

fahnenträger

treten hin
trommler
standarten

karren s gebein

talent der freunde
zerstochne augen
harscher mond

berührt der büttel
elf sekunden das fallbeil

fleischer und selcher

so ein gemüt

hinlegen lassen
das scherzl
den wadschunken
und s bries
a bissl vom bauch

ungeacht
die eisenbieger

schleifen
ihre schaufeln
an den hälsen
der stifte

fensterflieger

egon
s waschmenscherl im vierten
bürstet dein fell

hat s wachsbild erwürgt

zur letzten ruhe seufzt
abtritt rechts

deutet
ihrn erlauchten arsch

nüchtern
früh

ficker

leiblos zwingt
der hundsgenoss
dich alten
in den breiten schlund

wird forsch vom
weib gehörnt
im regenrausch
bewegt
den welken zug

schultert s weiße hemd
entblößt

an der lektüre friern
was denn

gattersteher

»Sir, can you put away your glasses. Please!«

»Pardon?«
»Put away your glasses!«
»Sir?«

Was ich sei?
»Buchstabierer, Hochstapler, Lügner – erschlichen.
Werker allemal.«

»Tandler auch.«

glockenzieher

erledigt
in frieden

schnapslast laden
beim spröden kork

leer nun
mein misstraun

seilschnalzer trällert
illuminiert heimwärts
ins bezahlte sauerkrautloch

henker

es blüht ein mensch
kreischt dacht die meute wild

der kirschbaum
trägt beschwingten kropf

soll schweigen
eigen ist des sterbers birn

idiot

kaschperl
der riss feldein

gehst pressant
fia a moadstrumm
raml

kaum fleucht s puppengeschlecht
dringt s antlitz
ins braune tuch
spaltet den stern

die nas hinan
zum wolkenbruch

jadeschnitzer

hudelst mit burgunderresten
stänkerst drei vier gelage
an der niere herum
zerreißt dem nachtwinkel
s grünzeug

ei
plötzlich fremd
sprungbereit

bricht und wächst
leinwandverschweißt

heißa
damenbart

kapitalist

scharwenzelt
durchs leben
seiner schlächter
allerliebst

antrag einreichen
für sanftes entschlafen
abermals
eh

erlegt im duft
geschmorter seelchen

] hin

watzte des gestrigen abends

i koche gern

eidet die klaue
rau beim schlachter
schild schweine schweine
t

sse zunge
chlüpft dem mund
ehn im kasten
aus schnee

raun hüpfen kinder
ssne grammeln
am bleibt der schornstein heut kalt
chmalz
h ich feuer
fleisch wird die knochen
n halten

kriegsgewinnler

lass uns ruhn

mein vater bar seiner streifen
noch eingenäht zwischen den fingern
schwadroniert
requiriert vom feind

sollt ich spross
nicht wenig missraten
vermög stibitzter kunst bedeckt
ein angenehm leben führn

verlogen
kann den brotherrn nicht verhehlen
scheitre brillanter krüppel
wirds büßen schick

hab versucht

ner und leugner

nutz

atts wissen
dazu frag
öpf
ß kein gespräch

els herrnknab
zweck

nierigs tantchen du
makes me cry
e will be blood
rwise lie

mittagesser

neffe und neffin essen
essen sie fisch
fisch stinkt bis eden
eden stöhnt

stöhnt der kläffer
kläffer im wurf
im wurf geifert
geifert der frisst

die brut frisst den schuft

mi

t am turnschuh
tet

eber
ali

band missen

nussklauber

vater lehrt
aussicht folgt einsicht
mich will sie haben

an den hosentürn
nussknackers
eisblumparfait
zwei in jeder faust

im brief
bellevue
murmelt rasiert
faules bonmot

ein greis
findet sein korn

dressierer

v   ht lügen
t   übsch befehl
k   nichts
ü   tod
ei   nges leben

se   ich wurd
an   bwanz erzogen

ko   ind
gr   an weh

pfleger

drängeln
am gesims
die ergrauten

auf dass sie
erlöst sind

stückelt
der wirt
stund um stund
das filet

poetin

welch quell
mein ungeziefer schöpf
ein bagatell
(mayröcker künd!)
im trüben fisch
mit purpurnem aug

schrödingers katz
schröders klavier
fraunmörder hindes üblicher satz
vier viertel crescendo
ein krügl bier

unser platz ist die hölle
saubeitl saftiger
flucht s glück
schwatz es herbei

querulant

streute schwüre
fräulein wags
walz mit mir

fiebrig nackt
würgt s gekrös
süße blüte irrer wind

wusst ich
kleinlaut immer
kroch durch lippen

eduards schneid

reporter

o wein bitter schoklad
perfider polizist
ein schuss
peppermint
ins gmächt

leicht
bricht sich s genick
der beobachter
schreiben am abend
die ohne namen

saucier (angeschrieben)

fisch
in schnittlauchsoß
links bedient

und wenn schmissbrüder
serviettenspitzen
ins wundmal stecken

haschee haschee
den geistigen kletzn
eins drüberpaniern

speib an
recht so

scherenschleifer

schied der eltern
ottoman

es bebte die erde

beamte gliedgereiht
regenschirm inkognito
zwangen sätze
messer schere licht
ihr stich
ließ den nabel grunzen

geht wohl auf
sobald martius taut

schneckensammler

mein beuschel
schleift an schildkrot stell
knoblauch und krum

mit butter besiegelt
schleimt
à double tranchants

rußigs end
dünstet der wamp
längs fäult

schriftsteller

magst vögeln
ihre brüst bewirten
breyten breytenbach
just eingemischt

flüstern dünn
die kehl durchbohrn
gedärm kredenzt

s wortblümlein säen
und s blöde nacherzähln

stürzler

der knecht besorgts
im spaß

links poesie
rechts dreist träumt
spur zurück
platziert
in bogens glanz

die weise
so schön du bist
mich ekelts
vor deinem maul

totengräber

sage die wahrheit
ja ja guten morgen
zuerst war s firmament
leichthin zum suff

milch ist haltbar
winter kommt bald
mit beißender sehnsucht
baumelt der vater

große hände schmales bett
mittendurch pardon
schmolz schnee
zupft ein wurm bange

wes achsel schmatzt
seltsam stummer gast
im kochtopf dampft
ein quadratmeter grind
fort und fort land

beim zusehn schwitzen
und stutz sinistren himmelstrick

uhrmacher

zuzeiten
brach s dach

entwichen die trüger
die türn sperrangelweit

schlugs vierzehn
türmte mein spross
als gsell vom schlachtfeld

stadtrand schwamm
im keller vorüber
zweifel
grünspans wiegenlied

verwalter des lampenschirms

so ein warmes licht

empfängt
dein goldnes vlies
verzückten biss

mundraub
wärs keiner

watschenmann

die tatsach dreht
als privileg
halbteil gelähmt

kleiner terror
drischt

wie die vogelscheuch
mindest drei tag
in der sonne wettert

glüht s antlitz
allmählich

xaverl

gscheiterter
heut schlau geschrieben
wird langsam zeit
den trottel zu geben

dichter haben viel zu tun

du hurngfrast
auch lumpn zähln
spät nach acht

yul des hausmeisters sohn

fetznschädl
ging im smoking
gehäutet
wies halt war

als das gelüst leck schmutzwäsch
beehrte
mantel schuh kreuz und quer
pflückt schenant
nachmittags mädchen

fad

habs degustiert
wies halt war

ziehharmonist

mother told

zur grenz des gesichts
träume sind dreck

wut lockt
brust voran
sack
furz

lechner
dein glutwangig trug
ist einen mord
gut

zivilfahnder

heißt wohnen
talheisl orts

streit
triffts beinah
argwöhn
widerspruch ist nebensach
angewandt für viele
bestimmt nie s scheißhaus
beleidigt gegn straf
offizial inkriminiert

erwart den einlauf
am häusl im wald

verweigerer

hirnederl
männerverschnupft
begib dich auf fahrt

drahtzieher der sonnenstrahlen
zündelst
wir übergeben

NA NA NA

wie plauderts darob

armseel hoffnungshundsherrl
steht eine anzeig

zwecks schnöder abscheu
nix tun
im raum

Es gibt keine Antwort. Es wird keine Antwort geben.
Es hat nie eine Antwort gegeben. Das ist die Antwort.
Gertrude Stein

www.wieser-verlag.com